JN079811

咲くら　めぐる

はるかるは
HARUKARUHA

文芸社

秋景彩色

☆はじまりの挨拶☆

混沌とした環境の中
踏ん張って生きている日々……ｶﾞﾝ!!o(ﾟДﾟ)o≡o(ﾟДﾟ)oﾊﾞﾙ!!

元気な時も落ち込む時も嬉しい時も悲しい時も
なんにもない時も
ゆるく
自分らしく
目に見えるモノと　　目に見えないモノを
大切に思いながら (๑ˇεˇ๑)｡o♡

時の流れと共に ﾟ･*:.｡.✿*ﾟ*:･♡
気づきのある日々を
過ごしてほしい想いで綴っています。

好きな場所で　好きな時間に　好きな項目から読んでください。
年を重ねることに意味がある一文になると嬉しいです。

—秋旻彩色—
<ruby>秋旻彩色<rt>しゅうびんさいしょく</rt></ruby>
勢いが衰えても彩ある日々を過ごすことができる

—はるかるは—

3

目　次「咲くらめぐる」

季節めぐり

―春のルンバ―
―夏の風情―
―秋のメヌエット―
―冬の静寂―

―春のルンバ―

☆季節巡り☆

春の訪れにどこか寂しく想い🌸*･ﾟ
冬の往（いにしえ）を名残惜しく想う*❄ﾟ*

季節は巡り･*:.｡.雪月花｡.:*:.｡

深い雪もやがてとけて
月は満ち欠け
花が咲いては散る

巡る季節に耳を澄まし (*ˊ˘ˋ*)｡.:*
肌で感じ.ﾟ🐾♡*寄り添う

四季を感じることは
今この瞬間を大切にすることを
教えてくれているのかもしれませんね

それでも…
まだ鳴きたくない想いなのでしょうか

「ケキョ(˙◇˙)」
「ホヶキョ(˙O˙)」
初鳴きがままならない
小鳥の私です(oﾟﾟ◇ﾟﾟo)ｵｰｵｰ

☆桜(*＾＾*)良い日なり☆

春陽麗和の好季節 ｡ｉ｡.•＊¨＊•.｡ ❀

穏やかな日々に感謝申し上げます (๑ᵕᵕ)ᐟᐟᐟ peko

桜咲く❀ピンク

見る人を和ませ (❀´‿❀)＊※°＊
優しい気持ちになりますね

ピンクはー自己受容ー

自分の気持ちに
正直に向き合うことで
ありのままの自分で
生きることができる

ありのままの自分で生きるから
夢中になれる

何かに夢中になっている人は
輝いてますね (๑✿∇✿)ﾉﾞ ✧ｷﾗｯ

桜ピンク
私の好きな色です ✿(๑ᵕᵕ)❀

☆知る四月。.:*:o○☆

一月　往ぬる
二月　逃げる
三月　去る

四月　知る
ঌৢɞ.•*¨*•.¸¸❀

卯月
どんな想いで四月を迎えるのでしょうか？

環境を知り

人を知り

自分を知る

落ち着かない日々だからこそ…

進むだけでなく
立ちどまり

今まで当たり前だと思い
通りすぎたものを

見つめなおし Σ>─(ﭰ ˙꒳˙)✧→☆

そこから
知ることが大切なのかもしれません
…(•˛•⑅)‧º·*:.✿*:·゚♡

☆風薫る　五月(*^▽^*)☆

風薫る‧*:‧｡.*❄゜*｡

青空の下
風にのって漂う

緑香る‧*:‧｡.*❄゜*｡

―まほろばの地に感謝―

その風は
私達の心を
明るい希望と活力で
満たしてくれますね (❀´‿❀)*❄゜*

☆みどりの日☆

薫風緑樹をわたる ﾟ.｡*.｡*ﾟ 好季節ですね
雨や雪は見えるのに

風は見えない・*¨*・.｡.｡ ✧*・ﾟ

雨音 *.ﾟ・:* 雪音 *.ﾟ・:* 風の音

見えないけれどきこえる音 *¨*・.｡.｡ ♪

聞くではなく

聴くでもなく

（ღ*ˇ˘ˇ*ღ）耳を澄ます .｡.:*♡

見えない風を感じ *:.｡.+ﾟ ﾟ.*:.｡.+ﾟ ﾟ.*

.ﾟ ﾟ.*:.｡.+ﾟ ﾟ.*ささやく風の音がきこえる

それは風だけでない音───

目に見えない世界の

どこか遥か彼方の

だれかの声・*.｡ ✿*.ﾟ
目に見えるここにいる

そばに寄り添う人の

あたたかい声ﾟ.*・.ﾟ ♫*.ﾟ

みどりの日

今　ここに生かされている自分に

耳を澄ます ξ*｡ﾟﾟ∪ﾟ ｡ʒ.*ﾟ･♡

℘｡.＊´　天地万緑　`*.｡ ｡℘ に感謝です

五月☆彡母の日

親へ
自分の想いを伝えていますか？
子供の頃の母への想い　思春期の反抗期

大人になってから気づく　母への想い

そして…ﾟ･*.
最後は必ず別れが待っているもの

だからこそ
今一緒にいる時間を大切にしたい ৪♥ɞ(ᴗ･⌣･ᴗ❀)
母の日　五月

神に捧げる稲の月　皐月
母は･＊¨＊･.｡☆*･ﾟ
人知を越えた大いなるもの

神とは
母なのかもしれませんね ･＊¨＊･.｡✡*･ﾟ

―夏の風情―

☆水無月☆

若葉から青葉へ .・*¨*・.｡ ｡
.・*¨*・.｡ ｡薫風から入梅へ

季節は゜*:.｡. *:.｡.:*・゜。
・*:.｡. *:.｡. ぼんやりと移り変わり ゜*:.｡.:*・゜。

深い緑に潤いを与えてくれます *.｡

―山水有清音―
<small>さんすいにせいおんあり</small>

ありのままの自然が奏でる
あるがままの清浄な響きを感じる

日々のスピード、効率、便利な中
―=≡Σ(((つ・｀ω・´)つ ダーッシュ!!

時間に追われると…
ぼんやりと不安になっていくもの モヤ…⌐(o_o)⌐ムリ…

静的な空間で・*:.｡ ¤*:.゜
清音を感じる時間は大切

目を閉じてぼんやりと…瞑想 (｡-人-｡)
私は…
「ぼんやりとしている… ๑ ¯³ ¯)ﾎﾞ～」と
親に言われることもしばしば…
ﾁ―――(¯―¯๑)―――ﾝ

時にはゆっくりとでもいいのです ۥ.｡.*´¨`*.｡.ۥ

15

☆・*:。七月の始まり*:°☆

七月　文月
言語表現が好きな私の月 (σ*>ᴗ<*)ɸ__ⴲ カキ]

新たな月
新たな日
新たな節目・*¨*・.｡.₂☆*:°

人はいつまでも

同じ場所で
同じ考えのまま
同じ人と・*¨*・.｡.₂♡*:°

変わらずにいられるわけではなく

目に見えない日々の変化に
自分も変わらなければならない
=ʅ・⌒・ʔ=ʅ๑・ᴗ・๑ʔ=ʅ・⌒・ʔ

『大きな出来事は　竹の節であり
節と節の間にある生活の連続が人生』

ライフステージ・*:。✿*:°・

最良の道を自ら選択し　丈夫な竹になるように

今を過ごしたいと思います・*¨*・.｡.₂ɘ ï ʚ*:°

☆文月　親月の七月☆

雨に濡れた·*.｡.·*.｡.·*.｡.
　　紫陽花の花の色が
ことのほか美しい·*.｡.·*.｡.·梅雨の季節となりました

　　紫陽花は*·゜❀*·゜❀゜*❀*·゜
　　色が変わる　不思議な花

　　『紫陽花や　昨日の誠　今日の嘘』
　　　　　　※正岡子規

　　　紫陽花の　色の移ろいは
人の　心の移り気に例えられます ゜*.｡ ❀*゜·

　明日は○○に行こうかな… ╰(˘ᴗ˘)｡o♪
　　　…と思いながら
　　行かない日々（;o_o)ｶﾞｸｯ

　今日は○○をしようかな… ♪o.(˘ᴗ˘)╯
　　　…と思いながら
　　しない日々　ﾁｰﾝ(o_o;)
　　　梅雨は…
だらだらではない（　・｀ω・´　）✧ｷﾗｯ

ゆるい自分を
ゆるせる季節でもあります ❀*‧˚ ✼ (*˘ᵕ˘*)✲* ✿*‧˚

ゆるい生き方は
言葉で自分を縛らず ★━†━★
世間の無常に流されず・＊¨＊・.，，＊。.ː＊

「心」が「勿」
ゆるがせ忽
ゆっくりと構え

人と物事に向き合う姿勢に
ゆ（揺）るがない
生き方なのかもしれませんね
.・＊¨＊・.，，ﾕﾙﾘ꒰∗꒱ᵕ‿ᵕ꒰∗꒱ﾕﾙﾘ.・＊¨＊・.，，

ゆるい私をお許しください(´｡・д 人)ｺﾞﾒﾝﾖｩ…
…紫陽花は「仲良し」(*´‐`*人*´‐`*) という花言葉もあるそうです🖤

19

☆七月の約束☆

❋˚.*.˚•:* 文月

ほふみ *❋˚*. *.˚•:*

..˚•: 親の月 *❋˚*.

ご先祖様　両親に心から感謝申し上げます (*ˇ‿ˇ人)♡*.˚+

水無月から穂含月（ほふみづき）へ――

若い緑の稲は ·*:.*:˚

まっすぐに天に向かっている

強い雨風にさらされ　冷たい日　暑い日を乗り越え

豊かな実（身）に成長する *❋˚*.

荒波や苦労を乗り越えてこそ

中実（身）に重みがあり　頭が下がるもの (๑ᵕᴗᵕ๑)´´´ᒼᴄᵒリ

まだまだ私はほふみ (｡-人-｡)*.*˚.+

親月に
これからの自分との約束 ੯ ˘ ᵕ ˘ ੭

知識やスキルの
水平的な成長だけでなく ➡

謙虚さと感謝の
垂直的な成長 ⬆

それが、
天に向かって伸びる

親月の
"大人の成長" ·*‧ ✪*‧˚

天地にてその成長を見守ってくれている　親の月

ꙮ(੭*´ ᵕ `)੭* ·*ᐧᐧ¨*·‧ ੭ ☆*·˚·‧˚

੧Ꮛ────────────੧Ꮛ

何処か遥か彼方で愛する人と逢える
愛逢月（めであいつき）でもあります‧˚ ꙮ♡*
胸ほふむ気持ちです੭*Ꮛᷚ‧‧◟Ꮛᷚ੭ᰔ.*˚·♡ꅐ厶

葉月☆三光鳥

∗.゚・:∗ ツキ（月）ヒ（日）ホシ（星）
ホイホイホイ∗.゚・:∗

と鳴く三光鳥（サンコウ）鳥

・三つの光の鳥゚:∗. ✡ ゚.

.★.゚:.゚∗)月の光

日（太陽）の光✧∗.゚

∗.゚:星の光

光を遠く見据え・∗¨∗・.｡.｡ ☆∗・゚

光に向かっていく影の時間の中に

光輝く美しさがあるもの (๐„゚ ᵕ ゚„)∗❊゚.｡.:∗♡

そんな風にぼ〜っと考え
夏の野鳥と葉を描きました ﾉｼφ(・ ｪ・ ๑)♪ﾉｼ

でも…
毎日暑い中　ｱｼﾞｨｰ ┏┛((卍))~~~~(´ ｰ｀;)~~~

3つの光というと…ん〜.｡o囲 考えてしまう

三つの光の老化 (*σ´∀)σ ｿﾙｿﾙ~=³=₃

紫外線 (ﾟ◇ﾟ)ﾀｲﾖｳ

ブルーライト (・ө・)ｽﾏﾎ

近赤外線 (・'-'・)ﾘﾓｺﾝ

年齢よりも老化するんですよ～

ﾔﾊﾞ ━━━('ﾛ'('ﾛ'('ﾛ'('ﾛ') ━━━ｲ ⁉⁉

夏真っ盛り ＼＼¥¥٩('ω')۶ ／／／

皆様 "光" にご注意くださいね

(｡✪∀✪)ﾉﾞ ✧

☆月遅れ‥。．:＊:☆o〇☆

葉月に入り
夏の日差しが眩しいこの頃。:＊゜＊○゜＊:。

新暦の七夕
月遅れの七夕
旧暦の七夕

三度のチャンス‥。.:＊✧

夜空を横切る雲状の光の帯を越えて
逢瀬する日 ＊:囧(๑˘᎑˘๑)人(˘᎑˘๑)囧:＊

たくさんの想いが集まり
川となり‥＊。☆＊:゜・๖◦゜¨♡‥．.:＊:。

川と云われる流れは‥:＊:。☆＊:゜・๖◦゜¨♡.:＊:．星の集まり

その中に私がいる
・゜(๑˘꒳˘)。o○♡:。☆＊:・゜♡

星が見えるといいな ᕙ(๑*´▽`)ᕗ・＊　＊・．，，☆＊・゜＊

☆葉月　紅染月☆

「西」に一本線が加わると
「酉(とり)」となる・＊¨＊・｡｡♪☆＊･ﾟ

「西」は五行では　一金
豊かさや楽しさを司る方位

「酉」は十二支では　一縁起
良い知らせやご縁を運ぶ鳥
♪・＊¨＊・｡｡♪　常世(とこよ)の長鳴(ながなき)鳥(どり)・＊¨＊・｡｡♪　♬

闇を払い　再び太陽を取り戻し
夜明けを告げる　鶏
神が松の木に降りてくるのを　待つ（松）

鶏と松のゆかりの深さに
想いを新たに｡｡:＊✧

東の天（空）が紅く染まる朝を
待つこともあるらしき (ღˇ◡ˇ)｡o♡
夢と希望と現実を ﾟ･＊:｡ ✿＊:･ (◕´◡◕)＊❊ﾟ＊＊❊ﾟ＊

一秋のメヌエット一

☆秋の一句☆

食欲の秋でもありますが、
食べてばかりでは
大変なことになりそうです（笑）
(￣)３(￣;)ﾌﾞｰ

読書の秋
芸術の秋
スポーツの秋と…

長い一日を清らかに過ごせる秋は
私には「感性の秋」でもあります（ *´ᵕ`* ）

・*｡.:＊秋の一句＊.｡:*・゚

桐一葉
風の音（ね）　虫の鳴（ね）　雲の流れ

心の中に響く　秋の声
一かしこ

目を閉じて耳を澄ますと
流れる音色を心地よく感じるひととき

季節感を味わいたいです（✿´ ‿ `✿)＊※゚＊

☆かさねる_ということ☆

一雨ごとに
秋の深まりを感じる日々となりました
・*:.｡.・*:.｡.・*:.｡.ᕦ ￣ω￣ ᕤ*:.｡.・*:.｡.・*:.｡

静かに移り行く
季節を感じられる幸せ (๑˘ᴗ˘๑).｡o♡

幸せの感覚は
高揚するような感覚だけでなく

心の地層にそそぐ雨が
ゆっくりとしみこんでいくような感覚

そのような感覚を
幸せと感じられるのは
年を重ねてきたことなのでしょうね
｡.｡:+*ﾟ ゜ﾟ *+:｡.｡:+* ☆ +*ﾟ゜ ﾟ*+:｡.｡:

かさねることで
得られるもの (*ˇ ‿ ˇ 人)❉ﾟ*♡

何だと思いますか？ *:꙾(๑ˇ,,ˇˇ)人(ˇ,,ˇ๑)꙾:*

☆九月☆長月☆

＊｡．＊・ 天は高くして気は清し ・＊｡．¦＊

季節移り　長月となりました ・＊¨＊・｡ ｣☆＊･ﾟ

──夜長　寝覚めの　名残月──

寝覚めの朝から　月の夜まで
長い一日を ໒* ໒⌣໒ ৎ3.＊ﾟ･♡
清らかに過ごしたいですね♪

秋の楽しみ

私はもちろん♪
!٩ー3 ｱｷ(ﾟ∀ﾟ)ー٩ｷﾀ! 3

季節を感じながら
食すことが楽しみ
ﾏｲｳ〜(｀ﾟ ¬ﾟ)ﾀﾞﾗ〜

深まりゆく秋 ﾟ｡．＊･¦．＊｡．¦＊ﾟ･＊
深まりゆく時間を
ゆっくりと　のんびりと過ごしたいです ⚇♡＊

夜長月☆..☆

寂寥感〜
そして…響きの美しい　秋の季節

人生も季節も
後半になると
気づくことが多いです
(*ᵕᴗᵕ)*_)｡.:＊◇ｷﾗﾘ

様々な出来事と感情 ⸜ ⸝‧

ただ時が過ぎるのを待つと
自然に心の中で整理される (꒪ˆ˘ˆ꒪)

時の流れによる心の癒し ﾟ･*:｡ ✿

自然の神が人に与えられた
『恵』なのかもしれません

時間は
その使い方によって
様々な恩恵をもたらしてくれますね
ᘒ*ꑄ˘̈ᴗ˘̈ꑄᗷ.*˚･

秋の夜長 ・*¨*・.｡.｡☆
皆様はどのように過ごしますか？

そして…何より
食欲の秋でもあります !
新米にテンションが上がってます
♬<<¥(๑><-)/>><<¥(><<)/>><<¥(><๑)/>>♪

☆十月☆神無月(かんなづき)☆

山粧う∗.゜・:∗
秋らしい空は高く広がり…

｡★☽｡神無月 ∴゜∗｡神在月 ☆★.゜∙∗

あるなし

神は存在するのか　存在しないのか
私は存在するのか　存在しないのか

　あり　なしではなく
あり　のままが　自分です (❀´꒳`❀)∗❇゜∗

　―ありのままの自分になるとき
モノの見方、考え方は変容する―
（フレデリック・S・パールズ）

☆神有る月☆

つるべ落としの秋の夕暮れ✻｡.:*・゜

神無月・*¨*・.｡.¸☆*・゜

お休みが多い10月　ｃ〜ｎ(-｀ω-´ｎ)ｿｳｿｳ

┌(；ŏДŏ)┘ｱﾟ゛去年もそうでした…

　・*¨*・.｡.¸☆*・゜神在月
　神はどこにいるのか

　不完全が完璧な
　自分の心の中にある
　♡(＊ˇ︶ˇ人ˇ︶ˇ＊)♡

　不完全な自分を
　.·:· ゆとりが必要なのかな ·:·.

―冬の静寂―

十二月☆三冬月

。.:*・ 良言一句三冬暖 ・*:。.

寒さの中にも

凛とした (*ˇ‿ˇ*)。.:* 空気を感じる頃となりました

.:✿ 天地万物に心から感謝申し上げます❀

*:˚ 優しい言葉ひとつで
長い冬の間*.˚*.*。⁺・:*暖かく感じさせることができます

あなたにとって優しい言葉は何ですか？

心忙しいラストの月

この一年━━━☆

人よりも進むスピードが遅くても
ε(・Θ・ ;)ɜ≫˝ｽｽﾏﾅｲ……

たとえ成し遂げることができなくても
╭(ﾟ ﾛﾟ)╮ ｻﾞｾﾂ……

～セルフラブ。:˚ 囧♡～

この一年の自分に……
優しい言葉をかけてあげてください
(*ˇ ³ˇ)CHü ♡ｱﾘｶﾞﾄ

☆翡翠―カワセミ☆

いつも変わらぬ
温かい気持ち｡ﾟ 𓅯♡*で過ごせること
ありがとうございます(๑╹ᆺ╹)))peko

どんと焼きも終わりました…
お正月飾りやお守りなどは焼いてもらいました

清流の宝石　カワセミ
カワセミは宝石の翡翠

翡翠は
落ち着いた冷静さと
揺るぎない忍耐力

大いなる叡智と
人徳を与える·*﹕✿*﹕ﾟ

描いているだけで
豊かな気持ちになりました
(❀´ ‿ ❀)*✲ﾟ*

☆令月のセキレイ☆

二月は如月

そして、令月ともいいます
何をするにも良い月 (๑･｀ ㅂ･´)ﻭグッ!

セキレイを眺め
セキレイを描いてみました
＿"ﾚ(^∇^＊)♪

セキレイは恋教鳥（コイオシエドリ）
日本で見られる　神の鳥ﾟ.*:｡ ✿*ﾟ'･♡

ヒトの近くにもいますね
:*✧｡.(*ˊ‿ˋ人ˊ‿ˋ*).｡.:*✧

令和の今年から始めた絵

何かを始める
始まりの―令月―です

34

☆東雲（しののめ）のお休み☆

寒き中にも
さやけさの感じられるこの頃・＊¨＊・.¸¸✡＊･ﾟ

東雲（しののめ）の　空を眺めながら｡*ﾟ･⋈*°¨̮☆*｡

なんだかんだヽ(ﾟ∀｡)ノ
あれやこれや
なんのかんのε-(´∀`;)

……で

一月も終わりです＊❇ﾟ＊

朝ぼらけの私は…年始からぼけまくり(￣▭￣;)ﾎﾞｰ

そんなスタートでしたが❢❢

いつも変わらない笑顔で過ごせたことに感謝しています
❀ヾ(〃^∇^)人(^∇^〃)ノ❀

今日のお休みはとっても充実感✿˘︶˘✿).｡.:* ♬*ﾟ
読みたかった本もゆ～っくり読んで

観たかった歴史モノもほぉ～っと観て

ああだこうだとヾ(´︶`*)ノ
いろいろと♬*ﾟ
そうこうして~(￣▽￣~)

…で

本日が終わりました ☆*.+゚

二月

また新しい月が始まる——

恋する日本の東雲色に励まされ

また 朝を迎えます ·*:. ✿*:゚+゚*.:゚ ♡

自分探し

―自分らしさ―
―生き方―
―月のモノ―
―お金磨き―

― 自分らしさ ―

☆今日の私☆

元気な時に思うこと ﾟ.*･｡ﾟ♬*ﾟ

いつかは
終わりがある時間だからこそ

今日の私に
ありがとうの気持ちで (*˘︶˘*)♡*｡+

おごらず　人と比べず
面白がって　平気で生きればいい

樹木希林さんの言葉を
いつも心に留めながら

今日の私がいて
今日の私に努める (＊´◡＊)*❀ﾟ*

今日も私と地球がつながっていることに
ありがとうございます ﾟ･*:｡ ✿*:ﾟ･♡

自分らしさ☆。.:*☆

自分らしく臨む (❀´‿❀)*❋ﾟ*

……自分らしさとは人生の指針

好きなこと
得意なこと
大切にしていること

なぜ
好きなのか？
なぜ
得意なのか？
なぜ
大切なのか？

ありたい自分の姿
自分の大切な
価値ある創造

自分らしさに気づくことが大切ですね
・*.:❋(๑˘︶˘๑)❋.:*・

毎朝いつも悩む服装
(・´ω・`;≡;・´ω・`)ｱﾚﾓｺﾚﾓ

張り切り過ぎず（笑）
~(˘▾˘~)ﾅﾝﾃﾞ ﾓｲｲﾔ～♪
思いつきのままで

それが……
私らしい・*¨*・.｡.｡☆*・

☆ありのままの自分☆

و｡.＊´ 私が私らしくいられるとは `＊.｡و

私らしくは簡単に言葉で言えても
私らしいって何（´●_●`）？と考えることがあります

自分は何者か
一自己概念から始まる·＊｡✧＊˙

真っ白な状態で生まれてから

色や文字や計算式ルールやまわりの反応や環境

興味・関心・価値観や感じ方

そのまま吸収し成長していく中で

自分は何を大切にし(｡˘◡˘｡)｡:＊♡どんな生き方をしていきたいのか

「自分軸」が
「ありのままの自分」

でも…なかなか自然体の言動で
ありのままの自分を表現するのは難しい (๑ŏ_ŏ๑)｡oᴼ

どうしても他人の目を気にし、承認されるように (;ㄱ∀ㄱ)ﾉﾉﾉ…

あるべき理想の「教科書通りの自分」になりがち

ありのままの自分を♡..:*♡
一番の理解者である自分になる

そんな風に意識することを大切に
自分のペースで過ごしましょう (๑Ö ᴗ Ö๑)♡

☆これが私☆

私のゆるがない
｡✧決心と初心✧｡

私の中での『おだやかさ』とは
静かに自分自身を見つめること☆｡.*

私の中での『しなやかさ』とは
あるがままを受け入れること♡｡.*

頭で考えるのではなく
ハートで感じる(♡´ω`♡)

ネガティブになっても
ポジティブになっても

それが私で
そんな私を認める｡:°୭♡*

☆自分の在り方☆

浅い川は時間
深い川は空間
流れが速いときこそ
立ち止まりふりかえることは大切

偶然の出逢いを引き合うのも
偶然の出逢いが必然になるのも

自分の在り方だなぁ〜と (*σ´∀`)σルルル~

偶然も運命も
現実も未来も
決まっていても

自分の今の取り組みかたに
焦点を当てる

☆変わらなくてもいい☆

人生の先輩のお言葉
心にしみます..:*♡*:゜・:*

山頂が目標ではなく
人生の面白さは
山の中腹にある
(^・ェ・^)(^._.^)(^・ェ・^)(^._.^)ｳﾝｳﾝ

道に迷ったら
谷に下らない(*σ・｀∀・´)σｿｳﾀﾞ✧*｡

今の私も
私は私のまま..:*❁♡

幼少の頃の私～そして今

変わるよりも戻っています

甘えん坊で(ΦωΦ)ﾆｬｰ
泣き虫で｡゜゜(ꈨ_ꈨ｡)゜゜｡
ビビりでΣ(⊙θ⊙*)!!

わがままで c⌒(๑ -｀ε-´ ๑)
一人好きで ┏(.-. ┏) ┓ﾖｶﾞﾖｶﾞ
根暗(눈_눈)

…戻っています☆・゜・*:.｡.

でも……
変わったと言えば

変わらなくて良いということを
知ったことかもしれません(❁´◡`❁)*✲゜*

☆変化に向き合う☆

生きている限り変化に直面する

環境だけでなく心と体の変化も

変化をどうにかしようと戦い ٩(๐｀ロ´๐)۶

どうにもならないと (ﾟﾟДﾟ)

諦めるのではなく ✧*。

変化に向かい合うことが大切 (*ˊ˘ˋ*)。｡.:*･ﾟ✡*:

だから自分自身を労る時間を ❀(♡˘ ³˘(ˊ˘ˋ♡)ちゅ✿*:･ﾟ

目の前の集中できる時間を作る φ(❐_❐✧

思いを話し（放し・離し）ましょう ੭ ੭.•*¨*•.¸¸♫

☆優柔不断☆

自分の正しい道——

自分で道を選択したのであればそれが正解になるように努めないと
いけない (๑•̀ω•́)ﻭ fight!!

自分の選択は自分で決めるしかない❗❗

……とは言うものの……

私は超がつく優柔不断ｳﾝ(；´-ω-ｎ)｡ｏ🎐

あーでもない (・´ω・`;≡;・´ω・`) こーでもないと決められ
ない 。ｏ🎐

石橋叩きまくり(৩｡•̀ᴗ•̀)৩'' ﾊﾞﾝﾊﾞﾝ
前に進めない (＿)じ 〰〰 っ

頭でっかちに考える (´ ⌒ `;)ｱﾀﾏ……ｵﾓｲ……

コンビニ入っても
おにぎり、パン、パスタ…悩んだあげく決められず……

(今日は (；°▽°)_§ 飴ちゃんで…)
何も買わないで出ていくことが……

次の日に（ -｀дー´）ﾖｼｯ
今日はおにぎりにするぞ❣❣と決めても
塩にぎり、鮭、昆布、おかか……
決められない（´◐д◑｀）ｺﾝﾅﾆﾓ……ｱﾙ

また何でもいいからと買っても
あ…やっぱりアレにしとけばよかった…と後悔（๑'-ਊ-๑）ﾊﾟｽﾀ…

そんなこんなんが私　ﾗﾘﾗﾘﾗﾍﾞ（๑°∀。）ﾉ♬〜〜♡

最近は「またか〜（￣ω￣*)ﾌﾟｯ」と……
そんな私に笑っている私がいる

それが私らしい ｡ﾟ.*･｡ﾟ*・｡｡♬

☆甘えたっていいのよ☆

ひらめきと思いつきの言葉の中にある
やさしさ｡ﾟ゚ꈍ♡*

沢山の　泣き笑いを

怠けたっていいじゃないと

自分に甘えられる時間 ღ｡*ˊˋ*｡ღ

甘えたっていいんですよね (*ˆ꒳ˆ*)｡:*

あなたの言葉と歌が子守唄のように

安らぎを与えてくれています ﾟ*.ﾟ♪*ﾟ

☆向上心より平常心かも☆

向上心——

ナポレオン・ヒルの成功哲学

アメリカの成功哲学の基礎で
今出版されている自己啓発本のほとんどは
ナポレオン・ヒルの「思考は現実化する」の内容らしいです

カーネギーやコヴィーは
何度も何度も読みましたが… (ﾛ_ﾛ◇ﾌﾑﾌﾑ
ナポレオン・ヒルは読んでなかった (;ﻬ_ﻬ)ｼﾏｯﾀ…

ある会社の人材教育に
ナポレオン・ヒルの
教育プログラムを取り入れていました

改めて…向上心——

現状に満足せず
より高くより優れた状態を目指すために努力する心
＼＼¥¥٩(･｀∀･´)۶／／／

改めて…ん〜 σ(´ - ε - `)ｳｰﾝ・・・

今に満足しこのままで変わらない状態を貫くために
努力する心 (*˘ - ˘ 人)ﾟ∴.+ﾟ

私は…ボチボチ〜 …ﾎﾞﾁﾎﾞﾁ~(￣▽￣~)ﾕﾙﾘﾕﾙﾘ・・・

平常心なのかもしれませんね ·*:.｡.·*:.｡(σ･∀･)σ! ｿﾙﾅ

☆大人の成長☆

節目の月の約束・＊¨＊・.｡.｡☆＊・゜それは大人の成長

エリクソンの発達段階では私は『壮年期』

自分磨きをする
生涯学習をスタートする時期でもあります ٩(ˊᵕˋ*)و ヨシッ！

自分の目が見える間に

本を読み p□q˙*)フムフム
字を書き　絵を描きたい

自分の耳が聞こえる間に

自然の音に耳を澄ませ(*ˆᵕˆ*)*ﾟ・:＊
良い言葉を発っしたい

そんな風に思っています(๑´ᴗ`๑)*✿ﾟ＊

でもついつい….自分の時間を優先してしまうもの

もうひとつの大人の成長は
お世話をすること✿ "ヽ(´︶`*)ﾉ" ✿

目に見えるヒト、モノ
目に見えない
ヒト（ご先祖様）、モノのために

今の自分に何ができるか？　と
問いかけ、決心し、行動する

それが私との約束です ..*.:.(̆人 ̆).:*゜:.:.

…とは言うものの
思い通りにいかない葛藤 ʊ_ʊ。o囹 と自分との闘いも
Ꮚ(－｀ε－´๑)

「なかなかね〜⌐(๑・´з・｀)╭ ﾀﾞﾒﾀﾞﾖﾘｬまた試されてるなぁ〜.｡oO」
とゆるく受け入れることも ˜(̄▽ ̄)ﾕﾙﾕﾙ˜

"大人の成長"なのかもしれませんね♪

☆意味の出現☆

生きていく中で遭遇するもの .*·.｡.:*✧｡°*°
そこには必ずある『意味の出現』

現実に起こっている状況は
全て意味があるから起こっていて

意味のないことなんて
何も起こらないのではないかなと
私は思っています +˚*｡:˚

記憶に残るのは
私にとって必要な意味があるから

忘れることは
今の自分に必要ないから

あなたの記憶に残るのは
あなたにとって
必要な意味があるからなんです (ｏ˘˘ｏ)*｡

― 生き方 ―

☆ゆるい生き方☆

「ゆるさを許し合う」
い〜言葉です（私にとって (๑˘ᗜ˘๑)♪ ）

プーさんがなぜ愛されるのか ૮ ๑•ﻌ•๑ ?🖤

小さい子供の日常の延長
噛み合わない会話

プーさんだから
許せるのかな ૮ ๑• ˋ ω • ´ ๑ ?✧*｡

「何にもしないって　最高の何かに繋がるんだ」

い〜言葉です（私にとって (๑˘ᗜ˘๑)♪ ）

プーさんから　学びました ૮ ◦ﻌ◦ ?

৩｡.*自分に甘いゆるい生き方*.｡৩

☆甘える生き方☆

甘えることは

ありのままの自分を知っていて
心の垣根がない素直なこと｡⋆ Ꙭ♡＊

何かに落ち込んでいても (´・×・｀)ｼｭﾝ
明日があるさ✧○⋆｡
と前向きになれる ((o(*⌒—⌒*)o))

それが
✧⋆｡ゆるく自分に甘える過ごし方⋆｡✧

☆意味のある学び☆

何より人は人で
つくられるものですね

誰かに出逢うことは
何かに意味があり
何かを学んでいるもの

…と私は思っているんです
(๑˘︶˘๑)

ヒト・モノ・コトは
私にとってどんな意味があるのか
私にとってどんな学びがあるのか

悔しくても悲しくても
楽しくても嬉しくても

この世で味わうために
生まれてきたのではないかなと思うのです
(*˘︶˘*).｡.:*

☆人生の主役☆

子供の異次元の不思議·*｡✿*:°

子供は
言葉でない何かで大爆笑して ٩(๑>∀<๑)۶ｷｬﾊﾊﾊ♡

意味不明なかみあわない会話をして
ﾗﾘﾗﾘﾗ~~ヽ(ﾟ∀｡)ノ♬ﾊﾟﾋﾟﾌﾟﾍﾟﾎﾟ~

異国で言葉が通じなくても仲良しになれる ヽ(*^∀^)人(^∀^*)ノ

私もかつてはそうだったのに…

子供にしか見えない世界があって　時間軸を越えた生き方をして

永遠に続く今を生きる *❋゜:*•゜ ☆｡｡.

言葉では綴れるのに…

愛する人の行く末を心配し
まだ見ぬ未来を不安になる
(๑•´_•`๑)

のび太君が教えてくれる｡｡:*♡
「僕は宿題をやるために　生まれてきたんじゃない！」

大人ののび太君が教えてくれる｡｡:*♡
「君はこれから何度でもつまづく、しかしだ、
そのたびに君は起き上がる！」

ドラえもんが主役ではなく、
のび太もスネ夫もジャイアンも

全員が主役✧*｡

今を生きるとは
自分が主役の人生を生きることなのかな
｡･+(人´∀`)+･｡*

☆自由気まま☆

物事に執着せず＊.˚・:＊

小事を気にせず　流れる雲の如し

自然に身を任せ
成り行きに任せ

行雲流水──

自由気ままな生き方は

他人の意見に流されず
世の中の曖昧さを受け入れ

本質をみようとする姿勢 (＊ ˘ ω ˘)⁾⁾ ウンウン.

物事に対して目的を見出だし
物事の意味と思いに気づくことで

明日への
活力 (・｀ 凵 ・´)₉✧ と
成長 ٩(ˊᗜˋ*)و に
つながるのではないかなぁと思います

私の活力は……

早寝 (³ω³)｡o　早起き (･Θ･)ﾉ ｺｹｯｺｯｺ
朝ごはん (๑•̀ㅂ•́)و オカワリ~

たくさん笑ってまた明日 ＊˙˘˙*)ﾉ ﾞ ﾊﾞ ｲ ﾊﾞ ｲ・＊¨＊・.｡.｡ ☆＊.˚

☆人生の転機☆

人生の転機──

ヒトが成長する時
大きな変化をとげる時

自分の何かを大きく手放すものです
ヽ（；▽；）ノ バイバイ…….

それは
辛く面倒でこのままでいいのに…
と思いがちですが（￣^￣ﾟ）

手放すことで
必ず新しいものが入ってくる
(*ﻬ´ ᵕ `ﻬ) ♡

それは
自分の思考や興味
新しい出会いや人間関係

手放したモノへ (ﻬ´ ᵕ `)｡.:＊♡
誠実に正直に向き合い感謝することで

よりスムーズに次のステージに
進んで行くものと思います ﾟ･＊:｡ ✿

急がずに、しかし休まずに、進もう
※ゲーテ

☆人生の旅☆

驚きは (๑◉□◉๑) 驚きで終わり
喜びは o(*゜∀゜*)o 喜びで終わる

でも感謝は続きます (*ˇ‿ˇ人)♡*｡+

どこまでも終わらないものは…
『人生の旅』なのかもしれませんね*･ﾟ゜･*:.｡..｡.:*･.｡.:*･ﾟ゜*

旅は
どこかに辿り着くことではなく
日々切磋琢磨しながら└(･∀･┐)└(･∀･)┘(┐･∀･)┘
自分の内面と向き合い (・ｖ 人 ｖ･)〟
少しずつ心が磨かれ☆｡.*経験を通して感動を得ることなのかな…

いつの日か人生が終わる日がきても

きっと「経験」と「感動」は･*:.✿*:゜
あの世に持っていけるのかもしれませんね

だから終わりがない旅・＊¨＊・.｡.｡☆*･゜

☆精一杯生きること☆

精一杯生きること

それは忙しくすることではなく、
心をいれて(๑・｀ㅂ・´)♥
打ち込めることに集中すること

今日どれだけの
有意義なことがあったか (ꉂ˘ᵕ˘).₀♥

それが
精一杯生きることではないかなと

心と体が影響し、それぞれの
生き方の速度や重みの感じ方で
もう10年、まだ10年と
考えるのかもしれませんね
(*˘ ‿ ˘*)｡:*✿｡:*

☆恥じること☆

恥じることを知る心が
どのような衣服よりも
清く美しく飾るもの❀｡.:*・゜

恥じることは
自分への謙虚さと
他人への思いやり❀｡.:*・゜

『恥知らずの恥こそ恥知らずなり』
ー孟子
恥じることは勇気ですね (*˘︶˘*).｡.:*
そして、

『飛び立ちかねつ　鳥にしあらねば』
ー山上憶良

どんな境遇でも生きる生き様

自然と生き物から
私達の価値観やものの見方を覆す
生きぬく学びがありますね ✧٩(ˊᵕˋ)و✧

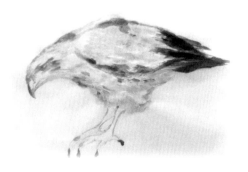

☆本当の才能☆

努力を努力としてとらえているわけでなく
本当の才能は
努力でなくコツを掴むこと (・｀ㅂ・´)9✧

楽しいなぁ〜と感じて自然に続けていること
それが人生で自分が本当にやるべきこと·:*三(o'▽')o

心から好きなことは
エネルギーを頂いてるもの☆*.ﾟ٩('ロ`*)و

心にもないことは
エネルギーを消耗するもの (눈_눈)ｽﾞｰﾝ

☆逃げない鳥─セキレイ☆

私は描くことで
自分の心の中にある何かを
表現しているのかもしれませんね
३✼҉ ꕥ᭄ᬊ ꕥ३.*ﾟ·৹ᬊᬊ.•*¨*•.¸¸♪♫
いかなることが起きても
力強く耐え抜く (๑・｀ㅂ・´)و✧

これまで乗り越えてきた
いかなること

いかなる時でも
優しい笑顔で
きっと
セキレイは飛んで来ます.ﾟ ꕥᬊ♥ᬊ*

☆すすき　伸びて立つ☆

すすきは「す（く）す（く）き」
伸びて立つという説もあるそうです

正直地味なように感じるのに …|ω・｀ｧ)

すすきは生命力溢れる
黄金色に輝いているように感じるのは
なぜなんだろ～ (๑˘ ㅂ ˘๑)

──地味は地道──

すくすく育つには
コツコツ努力することが大切ですよね

そして……
只今努力中～ φ(-ω-｡;) ｶｷｶｷ

パソコンと机に向き合い
猫背の私ﾍ(ΦДΦﾍ)ｼｬｧｧｧｧ

背骨を伸ばしてまっすぐになるには
整体師の施しが必要かもです♪

ふぅ～っと心の力が抜け
伸びて立って風になびきます
・＊¨＊・～ｽｽｷ.｡ｩ ﾏｯｻﾟ ♪(～゜ ∀゜) ～ｺﾗﾘ＊¨＊ｽｽｷ～・｡ｩ ♫｡＊゜

☆待ってくれる神様☆

神様は心の中に存在する (*ﾟ∀ﾟ)*｡_｡)*ﾟ∀ﾟ)*｡_｡)ｳﾝｳﾝ♪

大人になるにつれ *｡ﾟ・*:｡ﾟ・*｡.:*
見えるモノだけをいつの間にか信じ
見えないモノの大切さがかすれていく

意にそわないことや(ﾟ___ﾟ｡)
遠回りすることもあるけれど｡｡o囧

神様は大きくて 温かくて
いつも見守ってくれる゜・*:｡.✿*:゜・
いつも心の中に存在している (๏ˇ～ˇ๏)

自分のお願いを託すのではなく
理屈抜きに感謝することが大切ですね (*σ´∀`)σｿｳｿｳ!

でも…
必要なことが起こる出来事が辛いときは ٩(ﾟ___ﾟ､)۶ｳｩ～

受け止めることも
感謝することも
できなくなる時もあるけれど…… ๐・゜(๐>___<๐)゜・๐ ﾂﾗｲ……

神様は必ず待ってくれますね ๏｡.*´(*ˇωˇ)/(;д;)`*.｡.๏

待ってくれる存在が
心の中にいてくれる ・*¨*・.｡.☆*:゜

自分のペースでゆっくり
歩み寄れますね (*ˇ～ˇ人)♡*｡+

― 月のモノ ―

☆月の者☆

月の者は親友 ❀(・∀・)人(・∀・)✿

これまでは月―には会って (ఠ・｀∀・´ఠ)✧ｷﾀﾖ
・☆ 5日〜7日☆……＊:来ると思うと……

心と体が重くなったり (유∀유॥))ｽﾞｰﾝ
もう来なくていいのにと反発したり
(╬ಠ益ಠ)ｲﾔﾀﾞ！

いつまでいるんだ (＃ Д ´)ﾉﾉ￣┻━┻ｵﾘｬ~
と嫌気がさしたり

でもね……最近はやっと (*ˇ‿ˇ*)｡.:＊
その大切な親友の存在を尊く思うようになりました
そして……
あと何度私の元に来てくれるか (ღ˘⌣˘)｡O♡ﾏﾀﾞｶﾅ~

だから親友が来たら (*´ω｀)人(´ω｀*)ｵﾋﾟｻｰ♪

しっかりと心も体も休まるよう
ケアしようと思います｡.˚꧁ᵇ♡ᵍ＊

☆ *.｡月:° ・*☆

秋の声が聞こえる美しい季節 ₀⁚ *˚ ❉ ˌ°*⁚｡

素晴らしい
中秋の名月でした ·*⁚(ᵉ ˘ ˘)｡ₒ♡

満ちていく月★⸼ ·*○

エネルギーチャージ
様々な思いを吸収するとき

★ ·*⁚.☽ 欠けていく月

気持ちの整理整頓
要らないものを手放すとき

そして…
⸜⸝ ボイド（void）タイム ⸜⸝

何も影響されない
空白の時間

自分の内面に向き合う時間
ˊˋ*⁚.₀*⁚°ˎ₃ˎᵉ ˘ ᵕ ₥₃*⁚.₀ *ˊ·˚

月の動きと自然の流れ
月は太陽によって輝ける

自ら輝けなくても……

周りのヒト モノ コトに
守られ 育てられ 社会に存在し

輝かせて頂いている

──忘れてはいけないことを
月が教えてくれているようです──

私の月のモノも…(*ﾟﾛﾟ)ｱｯ　そろそろ……
体が教えてくれました (,,>.<,,)ｱﾘｶﾞﾄ🖤

☆月の節目☆

女性の体の節目は
七の倍数と言われています ·*:｡ ✿*:｡·

十四歳頃　初潮がきて🖤

二十一歳で　成熟し｡.·*✿｡

二十八歳が　生殖機能のピーク🔼

三十五歳〜　少しずつ老化が始まり*¨*·.｡.｡

四十二歳で　白髪の増加*.゜·:*

四十九歳頃　閉経が近くなる……

生理周期も七の倍数が近いのです ﾗｯｷｰ٩(˶ˆᴗˆ˶)۶⑦
そして……私は七月で節目.☆٩(｡·ω·｡)و

女性の体の健康のリズム♬゜♩*｡♫
体内時計をリセットすることが大切ですよね
(*ˇ‿ˇ*)ｵﾔｽﾐﾅｻｲ｡.:*♡

― お金磨き ―

☆汚れた美しい硬貨☆

―私がなぜ汚れた硬貨を磨くのか―

私の中にある大切な気持ち（❀´‿❀)＊❈゚＊

美しい樹木❀や花の根元には✿
泥まみれの根っこがある ｡◦⦿

泥まみれで汚いからと
根っこを切ると枯れるだけ(˘ㅅ˘)

生きる土台や根っこを大切にする

汚れた硬貨は美しい･＊:｡ ✿＊:゚

☆汚れた硬貨☆

私は　硬貨を磨いています

その意味──

巡りめぐったお金·*｡ ✿*ﾟ

たくさんのヒトの手の中で
喜びも寂しさも積み重ねてきたんだなぁと

真っ黒になった硬貨を手に……
そんな風に思うのです (｡-人-｡)

心を込めて丁寧に磨き
ｺﾞｼｺﾞｼ ″●~(¯▿¯)(¯▿¯)~○″ｷｭｯｷｭｯ

美しくなっていくと *:｡o○☆ﾟ

硬貨が　フッ✧*｡と　軽くなるんです

あ～
やっと想いが軽くなり
スッキリしたんだなぁと……
そんな風に思うのです (*¯︶¯人)♡*｡+

そして、磨かれた硬貨は
私の手から何処か遠い所へ　ﾊｲ (*´ω`)_ ◎ﾄﾞｳｿﾞ

あなたがいてくれてありがとうの気持ち

あなたがこれから過ごす場所で
新たに　辛いことも　心折れそうになることもあるかもしれません
(´；ω；`)ｳｩｩ

でも思い出してほしい・・・
心がフッと軽くスッキリできる人が身近にいるということを
♡(ﮩ˘︶˘✗˘︶˘ﮩ)♡

そんな想いで　磨いている硬貨◎✧*。
硬まったこだわりと　ゆらぎのこだわり

かわいい子には旅をさせろ… ｺﾗﾘ~(˘▾˘)(˘▾˘)~ｺﾗﾘ

無駄使いしないように気をつけます m(_ _)m

☆気づきの姿勢☆

『気づき』は点　・・・・・・・・
『学び』は線　　━━━━━━━

日々の『気づき』の点をつなげると
線となり『学び』となるもの

だから私は気づける人になりたいです (｡-人-｡)

たくさん失敗と反省を繰り返し
自分にも他者にも言い訳しない人が

気づける人になるのではないかなと思います

傲慢で自分は正しいと
自分の完璧さに心酔し
他者に関心の薄い人は

何も気づ（築）けない

いつも謙虚な姿勢でいることが
大切なんですよね ♡｡.:*♡

　　　　　汚れた硬貨━━━━━━━磨いた硬貨

どちらも硬貨の価値は同じ ＊.ﾟ・:＊✿ ｡ﾟ.＊´｀＊.｡ ﾟ❀＊.ﾟ・:＊

　　　　　汚れていも　磨けば美しく✧＊.｡
　　　　磨かれても　いずれ汚れていく＊.｡✧

　　　　どんなモノにも二面性はあるもの

　　　　　その汚れは…
　　　　　　"学びの証"
　　なのかもしれないですね (＊ ˘ ω ˘)⁾⁾ｳﾝｳﾝ.

☆カネ魂　ヒト魂　ココロ魂☆

「人は、人によって支えられ、
人の間で人間として磨かれていく」
※金八先生

何より人は人で
つくられるものが大きいですね

カネ魂（たま）に磨きをかけるように
ヒト魂（たま）に磨きをかけるには

悔しいこと悲しいこと
楽しいこと嬉しいこと

この世で味わい ﾟ｡*:.｡.o○☆ﾟ

そこから
心をスッキリ ٩(ᐖ)۶♡ させることで

磨きがかかるもの
ではないかなと思うのです

私のココロ魂（たま）がスッキリすることで
更に磨きがかかります

✧*｡٩(ˊᗜˋ*)و✧*｡

光と影

― コロナ ―
― 光と影 ―
― 震災 ―
― 無心 ―

―コロナ―

☆「マインドフルネス.｡.:*:☆oO」☆

春光うららかな季節を迎えました (9ლ˘ .. ᴗ˘ ..)♡ε ï з*:・゜❀

☆━マインドフルネス━☆
今、この瞬間を大切にする生き方

今の気持ち
身体の状況に気づき

受け入れる

私の今…
在宅で太りました… ﾓｸﾞ(๑´ ㅂ`๑)ﾓｸﾞ

桜は見られて美しく咲くそうです
人もそうなのかな…✿*:・゜ ε ï з*:・゜❀

意識が大切ですね
ଘ(੭´ᵕ`)੭*ੈ゜.*・｡゜♡*゜

☆「水の月。。○○」☆

梅雨·＊⠐.·＊⠐.·＊⠐.
木々の緑が
いっそう深まって参りました。。:＊◇ (*˘‿˘*人)❀˚*♡

日々日常を取り戻し
手洗い、うがいと習慣となりました
ｳｫｯｼｭ⛾(*ﾟ∀ﾟ*)⛾ｳｫｯｼｭ=³=3

大切な　日本の水

水の流れと身の行方

明日はどうなるかはわからない
人生の果てはともにわからない

それでも
絶え間なく

さらさらと。＊⠐.。。:+˚ ˚ ˚.·＊⠐.。••。:+·˚ ˚ ˚·*

流れる水のように＊⠐.。。:+˚ ˚ ˚.·＊⠐.。••。:+·˚ ˚ ˚·*

天地自然の流れのまま
日々を過ごすことも大切ですね
。。:＊ ♬*ﾗﾗﾗ ˜(˘▾˘˜) ♪ﾄﾞｳﾃﾞﾓ ｲｲﾔ˜

☆春は来る☆

医療従事者関係者の皆様
心より感謝致します (*˘︶˘*)人)✵゚*♡

まだまだ
収束ままならない世の中ですね (-ω-；)

だからこそ (*˘︶˘*)

待つことの意義・*¨*・.｡ ☆*.゚

進むだけでなく

立ち止まって

待つ　ズ━━━(￣ω￣)━━━→

待つことも　人生の大切な一部

待つことは　信じること

必ず　春は　来るのです
♡*.｡.・*(*˘︶˘人˘︶˘*)*.｡.・*♡

☆鳳鳴朝陽☆

全ての皆様に…

鳳鳴朝陽〜ほうちょうようになく

―世の中が平和になりますように―
*ଘ(ꈍ꒳ˎꈍ)ଓ*ꮺ.*.｡.♡*

― 光と影 ―

☆影の存在☆

心の── 光 と 影 ──
影は自分で作るのではなく光が生み出す偶然に創られたもの

なので
「影に支配されるもの」ではないかと思います

光があるから影ができ
影があるから光が見える　自らの存在は
光だけでなく
影だけでもなく光と影があるから
存在の美しさを表現できるものだと思います

影も必要なんです (*´∇｀)ﾉ

この世の三光を見つめ
自らの三光は何かを問い
影の存在から三光に気づく
そして……
影に感謝することが大事だと思います｡˚ ㉒♡*

天地万物のおかげです (-人-//)祈

☆心理と真理☆

神様は存在する
心理と真理☆｡。.:*・゜☆.。.:*

自分は（‐ω‐）他人は
世間は（￣_￣) 環境は
こういうモノだ（￣-￣）と
決めつけるのではなく (✘ˇ｀ˆˇ｀)ง

変幻自在に自由に ｢^ω^｣^o^(^∀^｣
ダイバーシティ＆インクルージョンです

そこに勇気ある挑戦が*｡゜・.:*♬◇*☆｡*.
生まれるのかもしれないですね

:::::::୨ৎ:::::::::::::୨ৎ:::::::::::::୨ৎ:::::::

──ゲシュタルトの祈り──

あなたに気に入られるために、
この世に生きているわけではない

そして、あなたも、
私に気に入られるために、
この世に生きているわけではない

あなたはあなた、私は私

もし、偶然が私たちを出会わせるなら、
それは素敵なことだ

たとえ、出会わなかったとしても
それもまた同じように素晴らしいことだ

でも……
あなたと私で『私たち』、
二人が一緒なら世界を変えてもいける

:::::::୨ৎ:::::::::::::୨ৎ:::::::::::::୨ৎ:::::::

☆二面性の美しさ☆

笑顔の裏には孤独があり───
───孤独の裏には愛がある

ヒトもモノも二面性があるから
魅力的なんてすよね·*:｡.*:｡

私も二面性があり、いかなるヒトも
みんな同じ価値がある
((*´▽`人´▽`人´▽`*))

二面性の美しさ

前ても後ろても

表ても裏ても

善ても悪ても

嘘ても真ても

二つの関係は一体で結びついているから美しいのです
ソウソウ(*゜∀゜)*｡_｡)*゜∀゜)*｡_｡)ウンウン

☆理想と現実☆

過去の反省これからの不安
理想と現実

落ち込んだり元気になったりと
日々の狭間で揺れることもたくさん
<<¥(-∀-`; )/>><<¥(　　´ )/>><<¥(　´Δ`)/>>

―諸行無常―

人の心も現実も

あらゆるもの全ては
変化しているもの·*:｡ ✿*:｡

だからこそ
今という儚く尊い瞬間を大切に
過ごしていきたいなと……

―他者受容―
自分自身と向き合い
受け入れることで
他人を受け入れることができる

☆夢か現か幻か☆

うつし世は夢　夜の夢こそまこと
※江戸川乱歩

昨日めちゃくちゃ怖い夢を見ました
夜の夢だから夢て終わりε-(´∀｀*)ﾎｯ

いいことも悪いことも

全て夢のように始まり

夢のように終わりがあるんだなと

夢の始まりは私の乱れのない一歩 ┗ 乁(´･ω･`)乁)ﾖｲｼﾞｮ

うつし世は夢か現か幻か～

この"現実"て目を閉じれば"夢"を見る

目を閉じると見える"夢"がある(˘人˘)

― 震災 ―

☆忘れない記憶☆

経験と体験による記憶
忘れてはならない教訓

その日常のふるまいは
「信頼」と「納得」

☆壊れないモノ☆

桜より
松は二木を
三月超シ
※松尾芭蕉

―(遅咲きの) 桜から三か月
武隈の松は
(私を) 待っていてくれたよ

『天災は忘れた頃にやってくる』

風も陽も
山も海も
噴火も地震も

全て　自然

自然に立ち向かえない

壊れるのはヒトがつくり出したモノなのかもしれません

はかないモノだけれど……壊れないモノは

愛する記憶なのかもしれません⁺゜＊。:゜

「風」と「陽」

時には風で吹き払い
時には陽を照らすことで
行動し成長する

自然も人の心も同じ

―心と思い―

あの日
そして……あの時

自分よりも　人の為に行動する姿

危険の中　命を顧みず行動する姿

言葉にあらわさずとも
気持ちを伝えあっていた
「ふるまい」

これまて
そして…これから

この世て
平気てなくても
平常心を保ち

未来を信じて
生き抜く　覚悟と行動

―世のため人のため―の志

それが
人としての
「ふるまい」

全てに心在りき

—黙祷—

神様が
その木に降りてくるのを
―――――待つ（マツ）

一つのいのちの
ありのままの輝き
どんな現実に直面しても
自分に与えられた場所で
ありのままの自分を輝かせる

あなたらしく精一杯生きること
それが、『無心』

— 無心 —

☆無心☆

『無心』

執着から自由になる ฺؚ۪฿.•*¨*•.¸¸♬

わがままてはなく
あるがままに

頭て考えないて
心♡て考える

様々な考え方があるかと思いますが
私は特別なことてはないと思っています
(*ﾟ∀ﾟ)*｡_｡)*ﾟ∀ﾟ)*｡_｡)ｳﾝｳﾝ

何事にも精一杯取り組むことが
私の中の「無心」てす(*σ´∀`)σｿﾙｿﾙ♪

なので、
今日も運動して ᕦ(ㆁ´ω´)ㆁᕤ
パックして (౦°ㅇ ◇ °౦)

せっせとお掃除して |彡ｻｯ!!ｻｯ!!
仕事して ＼_ＭＭ(∀｀*)ｶﾀｶﾀ…

んー
あれもこれもと
無心で頑張ってるな私なんです
<<¥(´ω`)/>><<¥(　　´)/>><<¥(´ω`)/>>

☆無のゆらぎ☆

無のゆらぎ

意思を持ったゆらぎ

ヒトの心の在り方

ありのままの姿

白か黒　光と闇ではない
良い悪いではなく

自分の意思を持ったゆらぎは大切

時に力を抜いて
周りを見渡せば
今まで見えなかったゆらぎに気づくものですね

不完全な美しさともろさに
ヒトの本質があるのかもしれない

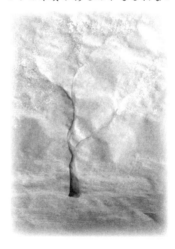

☆動じない心☆

動じない（￣人￣）心 とは

…… •大地とつながること• ……

息を切らし一歩一歩足を進め

ようやく出会う偉大なる自然·⋆·.✡⋆·.°

鳥のさえずり　手に届きそうな雲
風に触れ　水しぶきに打たれ

自分の足でしか進む以外は
辿り着けない場所へ

心の曇りがないから
見える場所へ

本当に大切なものを見つけたときに
動じない何かに気づく

☆日本の道☆

日本の「道」

―神道―

祈りの先に鏡があるのは
己の姿を映し出すため

それは己の心の在り方を
映し出しているのでしょうね (ღ˘⌣˘ღ)

無心であること (｡-人-｡)
精神的な豊かさと品格・*¨*・.｡.☆*･゜
「誠の道」を目指して (*ˇ‿ˇ*)｡.:*

今日も自然は歌っています ♪ﾟ.*･｡ﾟ¨*・.｡.♫

見えないモノ

―心がまえ―
―自然を敬う―
―心の波―
―おわりとはじまり―

― 心がまえ ―

☆成功の３つの行い☆

時を守り

場を清め

礼を正す

☆感　謝☆

ღ‚.＊´ 有り難く尊い人生 ＊.‚ღ

うぬぼれに　とらわれず

わたしらしく

おだやかに　しなやかに

みえるモノ　みえないモノ

大切な何かを感じながら…‥＊. ✿＊.

これからも　コツコツと

──・ 努力します ・──

最後にもう一度…ご先祖様、両親
並びにこれまで出会った皆様に
心から感謝申し上げます (＊˘ ︶˘＊)人)＊゜＊♡

☆日常五心☆

様々な変化·*:‥.·*:‥.·*:‥

この世の全ては変わるものですね

でも
どんな時でも変わらないものは

＊‥‥・ 日常五心 ・‥‥＊
「はい」という素直な心
「すみません」という反省の心
「おかげさま」という謙虚な心
「私がします」という奉仕の心
「ありがとう」という感謝の心

トキメキはそこから始まるのかなと
思いました (*ˇ‿ˇ*)｡.:*♡

隣にある幸せを感じられるか

ひたむきで明るい気持ちが
『トキメキ』を運んでいるのだと
思いました (*σ´∀)σﾙﾙ！

☆一粒万倍日☆

新しいことを始める♪ ♪・＊¨＊・｡♫✧
一粒万倍日がありますね

.＊✿一粒の籾が万倍にも実り、
立派な稲穂になる❀＊°

この日は何かを始める
縁起の良い日です❀.(＊´▽`＊)❀.

実りのある日の行いは

愛してます
ついてる
嬉しい
楽しい
感謝してます
幸せ
ありがとう
許します

こんな気持ちや行いを
言葉にすることで｡.°❀♡＊

プラスの種が大きく膨らみ
ずっと続いていくものかもしれませんね
ε｡.＊´(◦˘ ³˘)｡◦♡＊..｡ε

― 自然を敬う ―

☆美しい場所☆

視点が → 線 ― となり
つながる ☆・……━━━☆

美しい場所とは
ﾟ・*:.｡.✿*:.ﾟ・✻ﾟ*:.

視覚でとらえるだけでなく
その周りも眺めながら (･ω･｡)ｷｮﾛｷﾖﾛ(｡･ω･)

じっくりと観察する (✿´‿✿)*✻ﾟ*

辿り着くまでの道も･ﾟ･*:.｡.:*･ﾟ･
もう通ることがない道かもしれない

そう思うと……

泡沫（うたかた）な風景✿｡.:*・ﾟ

どんな場所でも美しく
大切に記憶に残しておきたいなと
(*ˆ‿ˆ人)✻ﾟ*♡

☆謙虚な稲穂☆

またひとつ年を重ね‥*:。✿*:°成長につながる美学

損得や自分の都合を越えた世界
中身が詰まっているから下がるもの

稲穂は
土に支えられ
水に支えられ
陽に支えられ

色々な要件が揃い
時間と共に稲穂の中身が詰まっていくもの
(✿´ ⌣ `✿)*✾°*

ヒトも同じ
支えられていることに気づかないと
頭が下がらないものです (ｇÖ△Öｇ)ﾊｯ✧*。

自分のこれまでの姿勢を謙虚に語る人には・・・

"頭が下がる" 思いです (✿ɞ‿ɞ)))ᵖᵉᵏᵒ

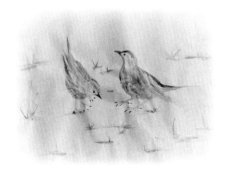

☆自然のやさしさ☆

風景はまさしく風 *ﾟ•ﾟ｡:*ﾟ•ﾟ•*:｡

*ﾟ•ﾟ｡:*ﾟ•ﾟ•*:｡ 味わいやおもむき

まわりに影響を与え
なびきながら
快い気持ちにさせてくれる
(ᵔᴗᵔ)｡ﾟ*:｡♪*ﾟ

いつも当たり前にある風景は
誰から頂いた風景か･*:｡✿*:ﾟ

峰々にある
足下に咲いているスミレ*.*｡⁺

木や草花…土、そこにある生命達…

自然はヒトを許してくれる
そこにヒトには叶わないほどの
やさしさがあるﾟ･*:｡✿*:ﾟ｡:*♡

どんなひどいことをしても許してくれている
声に出せず
ひたむきに耐えているその姿に

地球という星に尽くしている自然に
ヒトである私は何ができるのか (´・ω・`)?

そんなことを考える思いが強くなりました
＊❀˚＊(＊ ˘ ⌣ ˘ 人 ˘ ⌣ ˘ ＊)＊❀˚＊

☆日本の色☆

日本の色辞典
とっても素敵です .*✿❀

外国の伝統色は洗練された美の名前
日本の伝統色は草花や小動物の名前

日本人の色の感覚はﻌ‚.*´｀*.‚ﻌ
人と自然の深いつながりを感じます

人生を旅や自然の移り変わりに見立て
四季のうつろぎの色を重ねる·*:｡.·*:｡.·*:｡.

にじみと透かし──

その曖昧さが
私は大好きです (*˘︶˘*)人❀ﾟ*♡

私の洋服も
くすんだ曖昧な色が多いです
(;σ´∀)σ ｿｳﾀﾞﾅ～

自分の好きな色を身につけると
美意識が高まります❀.(*´▽`*)❀.

あなたの好きな色は何ですか？.

☆「桜と若葉..。o○」☆

桜　満開❀．・＊¨＊・.｡ｓﾏﾍ

桜はとても可愛らしく　慎ましく
優しく包み込んでくれる ℰ＊｡ﾟﾟ〜ﾟ｡3.＊ﾟ・

長い冬を耐え
ようやく迎える命芽吹く季節に

一斉に咲き
一斉に散り

そして…若葉が出る.｡ﾟ ᵕﾍ3＊ﾟ＋。ﾍ3ﾟ ＊。

日本の象徴である桜
花は　今

葉は　これから
必ず未来があることを
教えてくれているのかもしれませんね

― 心の波 ―

☆引き寄せの出逢い☆

心は心でつながる

引き寄せの法則

「人は、人によって支えられ、
　人の間で人間として磨かれていく」
　　※金八先生の名言。

自分の在り方次第で変わる出逢い

ヒトとの出逢い
そこに自分の在り方を問うもの

☆計画された偶然☆

逆説的な言葉の中の真理 *.゚・:*

巡り合いは
計画された偶然゚・*:.｡ ✿*゚:・♡

気持ちが先か
行動が先か
🔼
卵が先か鶏が先かみたいですね (๑◕ᴗ◕๑)ｿﾞ

気持ちに伴う行動から

これまでの
モノの見方、考え方が
借り物だと気づくのかもしれません

巡り合いの偶然から
ありのままの自分が変容するとき

これまで蓋をしていた
見たくない自分　認めたくない自分を
見て、認めて (ؘؘؘؘؘؘؘؘ ˘ ‿ ˘ ؘؘؘؘؘؘؘؘ)

「自分を含む世界」に
取り入れることができる。゚.:゚ ଧ♥ ଓ *

今とこれからの
モノの見方、考え方を
創るのは気持ちに伴う行動からですね
・:*三(っ⑤∀⑤)っ GoGo♬*

☆心の柔らかさ☆

ご縁は縁起「因縁生起」
〜物事はすべてつながって成り立っている

きっかけになる因があり｡:＊✧
それに縁が作用して
物事が起こる゜＊｡ ✿＊゜・♡

せっかくのご縁＊゜・:＊
つながりを持って築き上げるために
大切な心の柔らかさとゆらぎ＊゜・:＊

頑固に意固地にならず(#-｀ω-´)ノ┻━┻ﾄﾞﾔｯ!

きれいな花を見たらきれいだなと
素直に感じ ¥(✿´ ∀`✿)ﾉ

面白いときはお腹の底から笑い
ｳｹﾙ〜ﾍﾞ(≧∇≦*)/ﾖ彡☆ﾊﾞﾝﾊﾞﾝ!!

ヒトもモノも良いところを認め
(๑σ ₃ σ)♥ｽﾃｷ

まっすぐで素直な心は
柔らかいゆらぎがあるのかな〜と
思いました・＊¨＊・｡｡☆＊゜

☆見えないモノ☆

生きていることは
生かされていることを

──忘れてはいけないと

自然は
いつもヒトに寄り添い
いつもヒトに
メッセージをしてるのだと思いました

見えるモノ　見えないモノ

目に見えるモノはわかりやすい
わかりやすいから
間違った見方をしてしまうもの（｀◎ω◎n)林ゥ……

──柳は緑　花は紅──

ありのままの姿を
正しく見ることができているか

この世は色即是空·*｡✿*:゜

本質は見えるモノの奥にあり
尊さがあるものですね（ ˙ 人 ˙)合掌~

見えないモノ（心）がゆさぶられるとき
大切ななにかを感じ取るために

よく目を開き
よく耳を澄まさなければいけないと
自分に言い聞かせてます✿ˊ˘ˋ✿):* ☆*゜

☆幸せの半分☆

幸せの半分は｡.:° ஐ৩♡ʚ *
誰かから頂いていることに気づきます

「いいこと」って

感謝の気持ちを伝えることなのかもしれませんね ˘◡˘

•*¨*•.¸¸✻肌のふれあいや言葉 行いに
ぬくもりを感じ心和む✻¸¸.•*¨*•

― おわりとはじまり ―

☆終わりは始まり☆

年の瀬を迎えました・＊¨＊・.｡.☆＊・゜
＊.｡.+(人＊´∀`)+・.＊

流れの速い浅い川のように·*.｡.·*.｡.·*.｡.

一年の終わり～一年の始まり

天地万物に
心から感謝申し上げます(◉ᯅ◉)))peko

終わりは　始まり──☆

時を過ごした　大切な想い出を
心の倉にしまい

新しい年の始まりです ·:＊三(o'ω')o イクゾ～!

☆年の瀬ピリオド☆

この一年 ·*。✿*: ゚日々ゆらぐ心に
ありがとうございました

あわせて地　水　空　火に感謝（*˘ᵕ˘*)﹚﹚

9℃┄┄┄┄┄┄┄┄9℃
゚*。☆★:年の瀬ピリオド ·*☽。:*·

『瀬』は

川の流れが速い場所

人が渡れる浅い場所

浅瀬ならば人は立っていられる

「身を捨ててこそ浮かぶ瀬もあれ」

流れに身を任せていれば・*¨*・.。.ₓ☆*:゚

浅瀬にかかることもある

浅瀬を見つけて川を渡ることも、ある

『瀬』は逢瀬

逢瀬は川の流れ

過ぎるのが速い時の流れ

瀬をはやみ　岩にせかるる　滝川の
　われても末に　あはむとぞ思ふ
　　　　　　※崇徳院

最後の最後にわけわからん文章でした
　お粗末様でした (｡-人-｡)
　　9ℓ⋯⋯⋯⋯⋯⋯⋯⋯⋯⋯9ℓ

☆偶然からはじまる☆

天地万物に
明けましておめでとうございます
━━♥

どんな年末年始？

静かな年末年始でした (*ˆ‿ˆ人)❋゚*

歌を聴きながら
なぜか心に響くものがありました
(*ˆ‿ˆ*)｡.:*♡

誰かと出会うこと
何かに出会うこと

それは偶然゚.·*.｡*.｡✿*:゚·‥*:｡.·*:｡

人も歌も出来事も
偶然生まれた私も

それも偶然⋯⋯＊⋯⋯⋯

今年も
偶然から始まる
ヒトを大切に

偶然から始まる
コトを大切に

万物様
今年も宜しくお願い致します・＊¨＊・．．₎₎☆＊・゚
ᕙ(9＊´~｀*)9＊ ⸜♡・

☆これまでとはじまり☆

努力と経験の積み重ね

一人では大したことはできない

自らを
信じる生き方ができる人を尊敬し

そして……

朝がはじまり

これまでの想い出は
心の蔵へ

新しい今日に

弧を描くように
しなやかに生きていきたい

令和 .゚ ₊✿✧
はじまります

夢と希望を *ੈ(୨*´˘`)୨*.゚˳✧ *.゚.₊.゚♡*

☆新年のスタート☆

元旦は年神様が幸福をもたらすために
来てくださる大切な日 ·*·｡ ✿*·｡

そんな日は
礼を尽くし (✿ᵕ‿ᵕ)ｯｯｯ peko
無事過ごした旧年の感謝と (*^人^*)
これから始まる新年…

そうだ Σ(„ º△º„*) ❀❀

新たな希望 ☆.｡.:*·゜ ☆.｡.:*
目標に向かう ·.:*·゜.:*三(o'▽')o

楽しいと叫ぼう 《٩(*´∀`*)۶》 ｲｪｰｨ！

そんな新年のスタートです ❀❀

:::::::୨୧:::::::::୨୧:::::::୨୧:::::::::୨୧:::::

時の流れは止められなくても

心は留めることができる

小さな胸に

ご先祖様のお言葉を心に感じ留めて新年を迎えます

心から感謝申し上げます

:::::::୨୧:::::::::୨୧:::::::୨୧:::::::::୨୧:::::

つぶやきと
ささやき

☆思い通りになるわけないじゃん☆

人は思い通りにいかないことに ·.· ·.· ·.

他責的（原因や責任は自分以外）
無責的（原因や責任を深く追及しない）
自責的（原因と責任はすべて自分）

そんな偏りある考えで ·.· ·.· ·.
悩み、気を揉み、イライラし、怒る
そして、
罪なきモノにあたる時もあるかもしれない

思い通りいかないことは当たり前 。.:＊✧

☆努力って・・・？☆
努力 ╰(▁▁▁)╯ 努力と言うけれど
努力は周りが言っていることで

結果が出たら
努力したかもしれないけど…

これが努力だったんだ〜と気づく
(ﾊ ̄ω ̄ﾊ)｡oO ﾅﾙﾎﾄﾞ ̄

途中は当たり前のことを当たり前に
積み重ねた結果だったりする ▰▰

ただ一生懸命に目の前のことを
楽しみを見つけて
行動してただけだったりする
((┌(＾ω＾ └)ﾎｲｻﾖｲｻ♪(┐ ＾ω＾)┘))ﾖｲｻﾎｲｻ

☆石ころの幸せ☆

道端に咲いている草花を見て
美しいと感じ ゜＊゜｡ ＊ ゜｡ ＊ ❀○ ＊ ゚ ｡ ＊ ｡

春の息吹きに触れ

足元にある
小さな石ころのようにある
幸せに気づく ＊ ｡ ｡ o〇 ゜

何気ない日常や物事に心が動き
湧き上がる感情を
素直に受け止める人でありたい
ﾞ＊ ｡ ﾟ˘ ‿ ˘ ｡ ₃ .＊ ゜・♡

☆波残りが余波☆

過ぎ去った後も残る風情
・＊ ｡ .・＊ ｡ .・＊ ｡
・＊ ｡ .・＊ ｡ .・＊ ｡

音が消えた後も残る響き

風の音が波の音に聴こえてきます
✿ ˘ ⌣ ˘ ✿)｡ ｡ ＊ ♬ ＊ ゜

125

☆感情の記憶☆

笑いシワでなく、
喜びのシワ ۹(๑>‿<๑)۶♡

感情の記憶はずっと残ります ·*:｡ ✿*:｡

人の記憶はなぜか感情ばかりが残るもの

美味しかった (๑´ ᴗ `๑)ﾏｲｳｰ

面白かった ۹(๑>∀<๑)۶ｷｬﾊﾊﾊ♡

楽しかった♪　嬉しかった♬*ﾟ

幸せだったと ❀˘︶˘❀)｡.:*♡*ﾟ

☆直感に従う☆

子供の頃から大人になるまで

正解を求められ

正しい結婚をしなければならない
正しい人生を歩まないといけない

正解を探すのではなく

「楽しそう」「面白そう」と感じたこと

自分の直感に素直に従う

直感力が鍛えられてるように思います
(σ*´∀`)σ ｿﾙｿﾙ~♪

☆かすれていく大人☆

大人になるにつれ*ﾟ・:*ﾟ・:*ﾟ.:
見えるモノだけを
いつの間にか信じ
見えないモノの大切さが
かすれていく

☆宇宙と創造☆

～宇宙と時間は繰り返している～

頭の中で膨らむ想像力と (*ˇ‿ˇ*)｡.:*

想像を元に
実際に作り価値を生み出す

創造力 ℰ♡ℰ˘.ˆ*⁾

「笑い」と「遊び」

夢中になる時間｡.・♬✧

新たな私を創り出す時間✧*｡

宇宙に終わりはないように
創造も終わりはないですね

(*ﾟ∀ﾟ)*｡_｡)*ﾟ∀ﾟ)*｡_｡)ｳﾝｳﾝ

☆CHANGE☆

誰しも
変化の時はあります

変化（CHANGE）を恐れていたら
好機（CHANCE）は訪れない

変化にはtroubleはつきもの
でも

挑戦（CHALLENGE）は大切です
+ﾟ*｡:ﾟ*✧ !!(๑)´･ω) ✧ﾟ+*ﾟ*｡:ﾟ

ଘ(੭*ˊᵕˋ)੭* ੈ♡‧°˚*調和も大切に｡｡:*･ﾟ

☆やめる勇気☆

年齢と共に
「責め」ｵｵｵｵｵｵｵｵｵｵｵｵ-(๑ ｡｀ω・´)｡でなく
「守り」になりますよね♥
……でもそれでいいのかもです

チャレンジすることの勇気よりも
年齢と共に
やりたくないことをやめる勇気が
必要だなと思います (๑˘･˘๑) ﾞ

☆有ることは難しい☆

何事も思った通りにはならないもの
（˘・ω・˘）｡o圀

思った通りにならないのは
自分自身の『当たり前』に
気づかされます・＊¨＊・．､｡☆＊・゜

いつでも行ける ･:＊三(o'ω')oGo-Go
いつでも会える (＊´∀`)σ д`＊)

いつも そこにいて｡:゜罔♡＊
いつも そこで笑っている…

本当は有ることが難しいことなのに……
一つ一つ有難いことなんだと (｡-人-｡)ｶｼｬ

☆サードプレイス☆

家庭ではない　職場でもない
サードプレイス・＊¨＊・．，☆＊・゜

3つ目の心地いい場所を創る(＊˘︶˘人˘︶˘＊)

これからも　自分らしく

大切な時間と空間を
心を込めて

自分へのおもてなしです (＊˘︶˘＊)„.:＊

☆1/fのゆらぎ☆

移り行く季節の中で―

風が流れ+゜＊。:゜＊・゜

.＊。.:＊・゜静かな夕景

☆。.:＊響く海音・゜　☆。.:＊

私の1/fのゆらぎが広がります ￥(❀´ ∀`❀)ﾉ

☆やさしいの意味☆

・*∴.＊やさしいの３つの意味＊.∴*・

優しいー思いやり
易しいーわかりやすい
柔しいーおだやか

☆努力の後のメンテナンス☆

努力の後は℘ ₄.＊
＊.₄₄℘癒しも大切

心のメンテナンス♥*。*∴゜
話す＝放すこと
抑え込んでいる気持ちを手放すこと

体のメンテナンス✿*。*∴゜
笑う＝綻（ほころ）ぶこと
かたく緊張した体の縫い目が解けること

メンテナンスは必要です (๑ˆ꒳ˆ๑)ﻭ✧

☆ユーモア☆

ღ ｡.＊´場と間とユーモア`＊.｡ღ

その場所で
感覚を受け止め
お互いに楽しみを創ることで
(*ﾉ∀`)ﾉ))ｱﾋｬﾋｬ((´∀`))ｹﾗｹﾗ

お互いの長所が
引き出されるのかもしれませんね＊✧

☆社会の虫☆

雪虫が飛ぶと雪が降るとか.*.゜・.*
雪虫が飛ぶ様子が幻想的とか☆.。.:*・゜ .:*

虫と言うと女子は毛嫌いしそうですが……
ムリムリ ヾﾟДﾟ)ﾉ ﾐｯ ﾐｯ ムリムリ

自然児田舎育ちの私は…
natural~ヾ(*´∀`*)ノキャッキャ

幼虫もミミズも触れるし、
蜘蛛も蛾もカマキリも
あまり気にすることはなかったんです
ツンツン(๑・᎑・)σ ๑ï๑.・*¨*・.｡｡♬

でも…大人になるにつれて
都会になかなか虫がいない最近は……

悪い見た目のイメージが先行してしまい、
怖い (ﾟﾟДﾟ)ﾃﾞｪ～ 、気持ち悪いと (;๑_๑)
色メガネで見てしまうようになりました

(-口д口-)✧

134

人間社会も同じ

相手（虫）のことを知ろうとし、
見た目（イメージ）だけでなく、
周りの評価（嫌い）に流されず
中身（特徴）を知ることで

苦手な人も虫も好きになるものだと
思う私です
ღ｡｡*´ ੯ｰꞈｰ੭`*｡｡ღ ﾍﾝﾅﾔﾂ~

☆刻まれた経験☆

心に刻まれている経験——

そのきっかけは
偶然なのか？
それとも、
直観なのか？　直感なのか？

否定的なイメージは
自分の中で思いっきり取り除き、
自分を信じ✧*。『きっかけ』を掴む (๑• ̀ㅂ• ́)و✧

その上で、行うか行わないかで

体感に伴った経験となり
心に刻まれるもの (*σ´∀`)σ ｿﾙｿﾙ~

☆もう？　まだ？☆

もう〜なのか
まだ〜なのか

もう〜ダメ ╭(o_o)╮ でなくて
まだ〜大丈夫 (๑•̀ㅅ•́)و ﾖｼ! と思いながら
ここまできました

これからもポジティブに ヾ(´︶`*)ﾉ♬
ポチポチ (*ˆ-ˆ)ヘ＿/ と
今日も綴る

☆待つ行動☆

ご自身の「信」の徳があるからこそ
待つことができる ٤* ૢ˚͏⌣͏ ૢ3.*˚·♡

待つことは
互いのよさを引き出す
行動だと思います
(＊ˇ‿ˇ)̶̶̶☆̶̶̶(ˇ‿ˇ＊)

自然の流れに身を任せば
待つことは…
退屈なものではないですね (9ℓˇ‿ˇ)

☆優しい人☆

優しい人には優しい出来事が起こるもの

優しい人には
自分が弱くなった時に
優しい出来事を運んでくれる゚·*⁚｡ ✿*˚·♡

心のゆらぎに気づきを与えてくれ、
私に優しさを運んでくれるℓ｡·*´(·ˇ´·)`*⁚｡ℓ

☆想いをはなす☆

想いを話すことは大切
話すとは
その想いから離れる
その想いを手放す

口に出して話すことは
.. ☆自分からの解放・☆・゜

距離を置くことで (*´⌣`*)ﾉ゛☆ﾊﾞｲﾊﾞｲ
心がフワッと軽くなりますよね♪

☆生きる光☆

今の環境を大切に生きる
今の閃きに素直に生きる
今の想いに忠実に生きる

3つの "今" の光るモノを受け入れて共生し
有意義に楽しんで過ごす♪

☆仲間と同じ釜の飯を食う☆

おいしいと感じるのは
一緒に食べ物を分かち合うとき△▼

動物も人間も同じ

「食を分かち合う」ことは▼△
お互いの絆が深まり育むことができるもの

companyは
ラテン語の
一共に（com）パン（panis）一
同じ釜の飯を食うのが仲間

おいしいものはよりおいしく
おいしくないものもそれなりに…
↑
（富士フィルムのCMみたい〜⑩◦℃◦)ｱﾟ）

一人でより二人がいいですね
ｾﾞｾﾞ" ♡(＊´皿`)人(´ｪ`＊)♡ｾﾞｾﾞ"

☆世の中のアンカー（錨）☆

人たらし～たらし～(*´ ⌒ `*)たらり～
いい表現です ⋒・｀∀・´ℊ ✧イイネ!

たらしは
船言葉でもありますねε(･Θ･｡)ɜ >>~マンボ~

船の安全を保ち
流されるのを防ぐための
アンカー（錨）

人にとってアンカーは不動のもの

コンピタンス…………できること
動機…………………やりたいこと
価値観…………………やるべきこと

心の安心を保つ
世の中のアンカーになれると嬉しいですね
.✠(*´▽`*)✠.

☆行間を感じる☆

私が綴る言葉
そこに見えない意識下にある
想いのともし火 (*˘︶˘*).｡.:*♡ʚ*

言葉以上の言葉を読む
それが行間*.ﾟ•:*

目にも見えない
耳で聞くこともできない

でも
空気、雰囲気、心だけで感じ取れる
一言以上の価値ღ.｡.*´♡`*..｡.ღ

時に驚き ∑(*ﾟ◯ﾟ*))))

時に笑い (´ﾟ∀ﾟ)∴‥∵‥ブハッ

時に響く .｡.:*｡✿*:ﾟ☆｡.｡.:*

私の心の中で
いつも言葉以上の想いを感じる 時 (ღ˘︶˘ღ).｡oﾟ♡

あとがき

山と川に囲まれた幼少期
見えるモノは　　季節巡る自然とそこにいる家族
見えないモノは　やさしさと笑いに包まれた空間

そんな家族に囲まれた想いを
文芸社　Reライフ文学賞　「家族の物語」に応募しました。
そのことがきっかけとなり、今回のエッセイ集を出版するに
至りました。

このような大切な機会をつくっていただきました、
文芸社　出版企画部　高野剛実様、
これまでと異なる構成　絵文字など
編集者の原田浩二様には大変ご尽力いただきました。
心より感謝申し上げます。

そして私の成長と共に気づきをくださったすべての方々
直感につながる言葉なき教えを請う天地万物に
心より感謝申し上げます。

半世紀生きてきて
見えないモノの大切さを改めて感じ
音楽を口ずさむように綴ってきた言葉たち

これからも自分らしく感じるままに描き
一人でも多くの方がゆるくゆるりと
自然と心の調和のとれた日々を過ごせるよう
願っています。

—はるかるは—

著者プロフィール

はるかるは

〜時を占い
ビューティーキャリアを唱える地球人〜

咲くらめぐる

2024年7月15日　初版第1刷発行

著　者　はるかるは
発行者　瓜谷　綱延
発行所　株式会社文芸社
　　　　〒160-0022　東京都新宿区新宿1−10−1
　　　　　　　　　　電話　03-5369-3060（代表）
　　　　　　　　　　　　　03-5369-2299（販売）

印刷所　図書印刷株式会社

©HARUKARUHA 2024 Printed in Japan
乱丁本・落丁本はお手数ですが小社販売部宛にお送りください。
送料小社負担にてお取り替えいたします。
本書の一部、あるいは全部を無断で複写・複製・転載・放映、データ配信する
ことは、法律で認められた場合を除き、著作権の侵害となります。
ISBN978-4-286-24960-5